ピアノ

芥川龍之介／著
LOWRISE／絵

或《ある》雨のふる秋の日、わたしは或人を訪ねる為《ため》に
横《よこ》浜《はま》の山手を歩いて行った。

この辺の荒廃《こうはい》は震災《しんさい》当時と殆《ほとん》ど変っていなかった。もし少しでも変っているとすれば、それは一面にスレエトの屋根や煉瓦《れんが》の壁《かべ》の落ち重なった中に藜《あかざ》の伸《の》びているだけだった。

現に或家の崩《くず》れた跡《あと》には蓋《ふた》をあけた弓なりのピアノさえ、半ば壁にひしがれたまま、つややかに鍵盤《けんばん》を濡《ぬ》らしていた。のみならず大小さまざまの譜本《ふほん》もかすかに色づいた蔾の中に桃《もも》色、水色、薄《うす》黄色などの横文字の表紙を濡らしていた。

わたしはわたしの訪ねた人と或こみ入った用件を話した。話は容易に片づかなかった。わたしはとうとう夜に入った後、やっとその人の家を辞することにした。それも近々にもう一度面談を約した上のことだった。

雨は幸いにも上っていた。おまけに月も風立った空に時々光を洩《も》らしていた。わたしは汽車に乗り遅《おく》れぬ為に（煙草《たばこ》の吸われぬ省線《しょうせん》電車は勿論《もちろん》わたしには禁もつだった。）出来るだけ足を早めて行った。

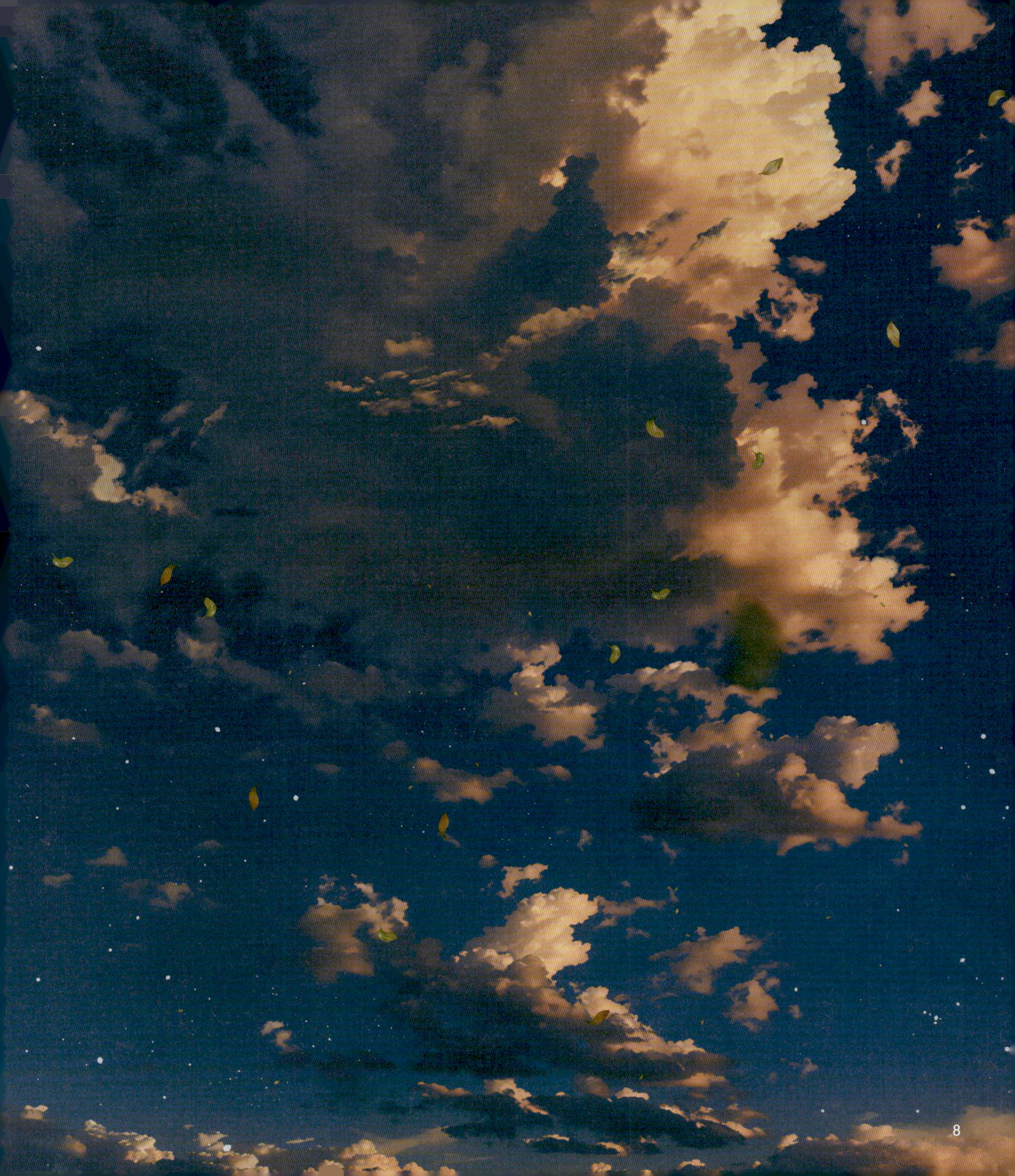

すると突然《とつぜん》聞えたのは誰《だれ》かのピアノを打った音だった。

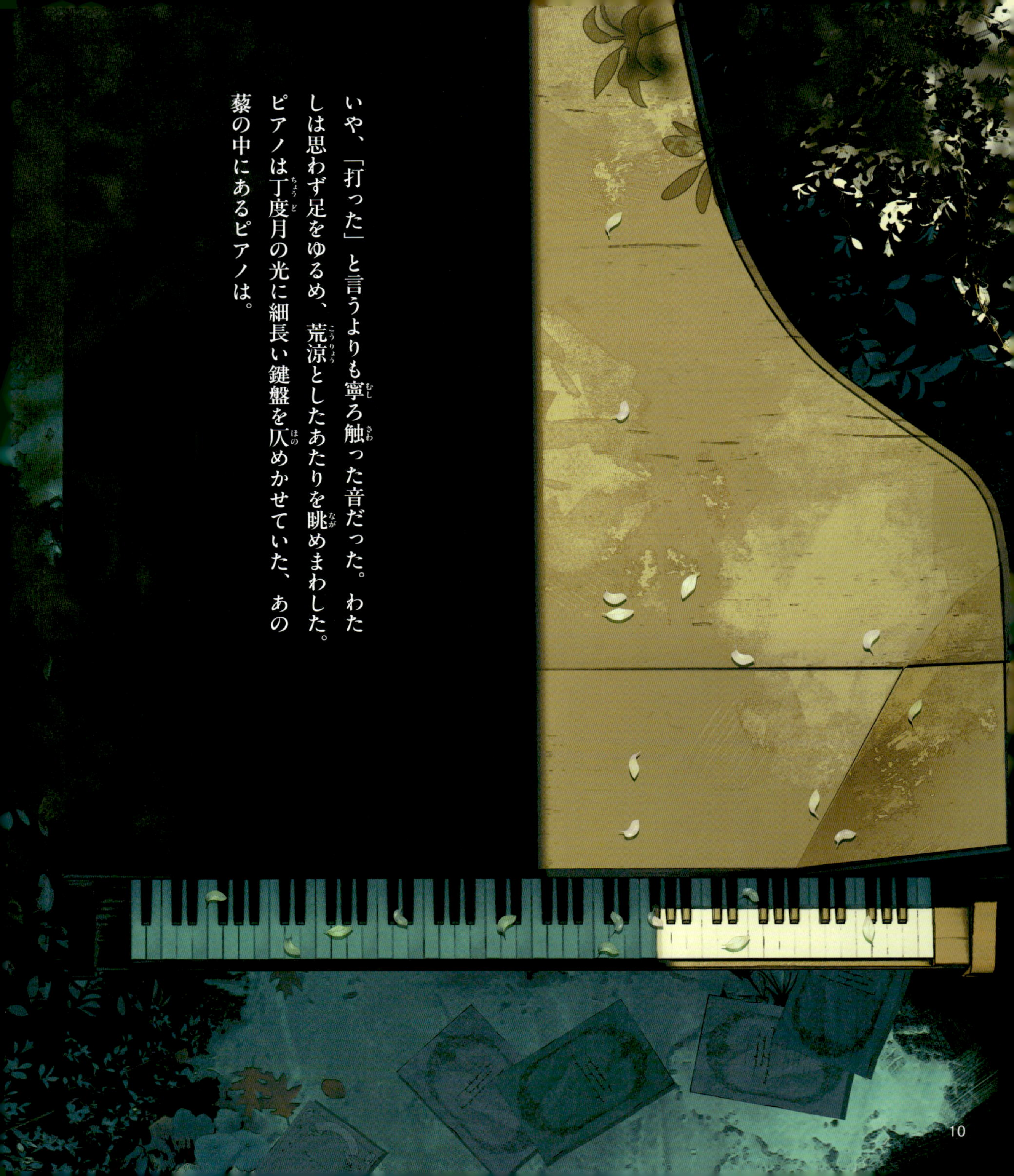

いや、「打った」と言うよりも寧《むし》ろ触《さわ》った音だった。わたしは思わず足をゆるめ、荒涼《こうりょう》としたあたりを眺《なが》めまわした。ピアノは丁度《ちょうど》月の光に細長い鍵盤を仄《ほの》めかせていた、あの藜の中にあるピアノは。

——しかし人かげはどこにもなかった。

それはたった一音《おん》だった。が、ピアノには違《ちが》いなかった。わたしは多少無気味になり、もう一度足を早めようとした。その時わたしの後ろにしたピアノは確かにまたかすかに音を出した。わたしは勿論振《ふ》りかえらずにさっさと足を早めつづけた、湿気《しっけ》を孕《はら》んだ一陣《いちじん》の風のわたしを送るのを感じながら。……

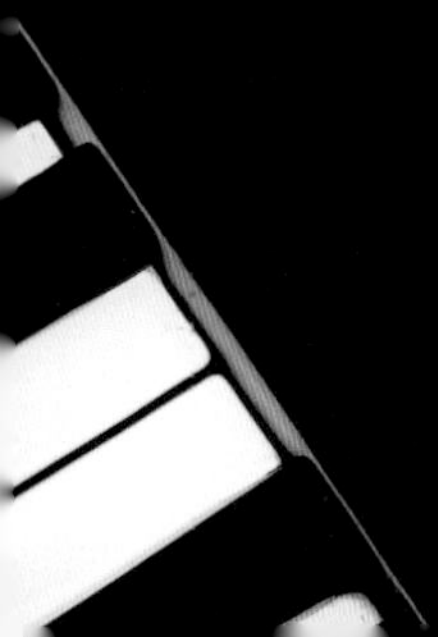

わたしはこのピアノの音に超《ちょう》自然の解釈《かいしゃく》を加えるには余りにリアリストに違いなかった。成《なる》程《ほど》人かげは見えなかったにしろ、あの崩れた壁のあたりに猫《ねこ》でも潜《ひそ》んでいたかも知れない。

もし猫ではなかったとすれば、——わたしはまだその外にも鼬《いたち》だの蟇《ひき》がえるだのを数えていた。けれども兎《と》に角《かく》人手を借らずにピアノの鳴ったのは不思議だった。

　五日ばかりたった後、わたしは同じ用件の為に同じ山手を通りかかった。ピアノは不相変《あいかわらず》ひっそりと蓼の中に蹲《うずくま》っていた。桃色、水色、薄黄色などの譜本の散乱していることもやはりこの前に変らなかった。只《ただ》きょうはそれ等《ら》は勿論、崩れ落ちた煉瓦やスレエトも秋晴れの日の光にかがやいていた。

わたしは譜本を踏《ふ》まぬようにピアノの前へ歩み寄った。

ピアノは今目《ま》のあたりに見れば、鍵盤の象牙《ぞうげ》も光沢《こうたく》を失い、蓋の漆《うるし》も剝落《はくらく》していた。殊《こと》に脚《あし》には海老《えび》かずらに似た一すじの蔓草《つるくさ》もからみついていた。わたしはこのピアノを前に何か失望に近いものを感じた。

「第一これでも鳴るのかしら。」
わたしはこう独り語を言った。

するとピアノはその拍子《ひょうし》に忽《たちま》ちかすかに音を発した。それは殆どわたしの疑惑《ぎわく》を叱《しか》ったかと思う位だった。しかしわたしは驚《おどろ》かなかった。のみならず微笑《びしょう》の浮《うか》んだのを感じた。ピアノは今も日の光に白じらと鍵盤をひろげていた。

が、そこにはいつの間にか落ち栗《くり》が一つ転がっていた。

わたしは往来へ引き返した後、もう一度
この廃墟《はいきょ》をふり返った。

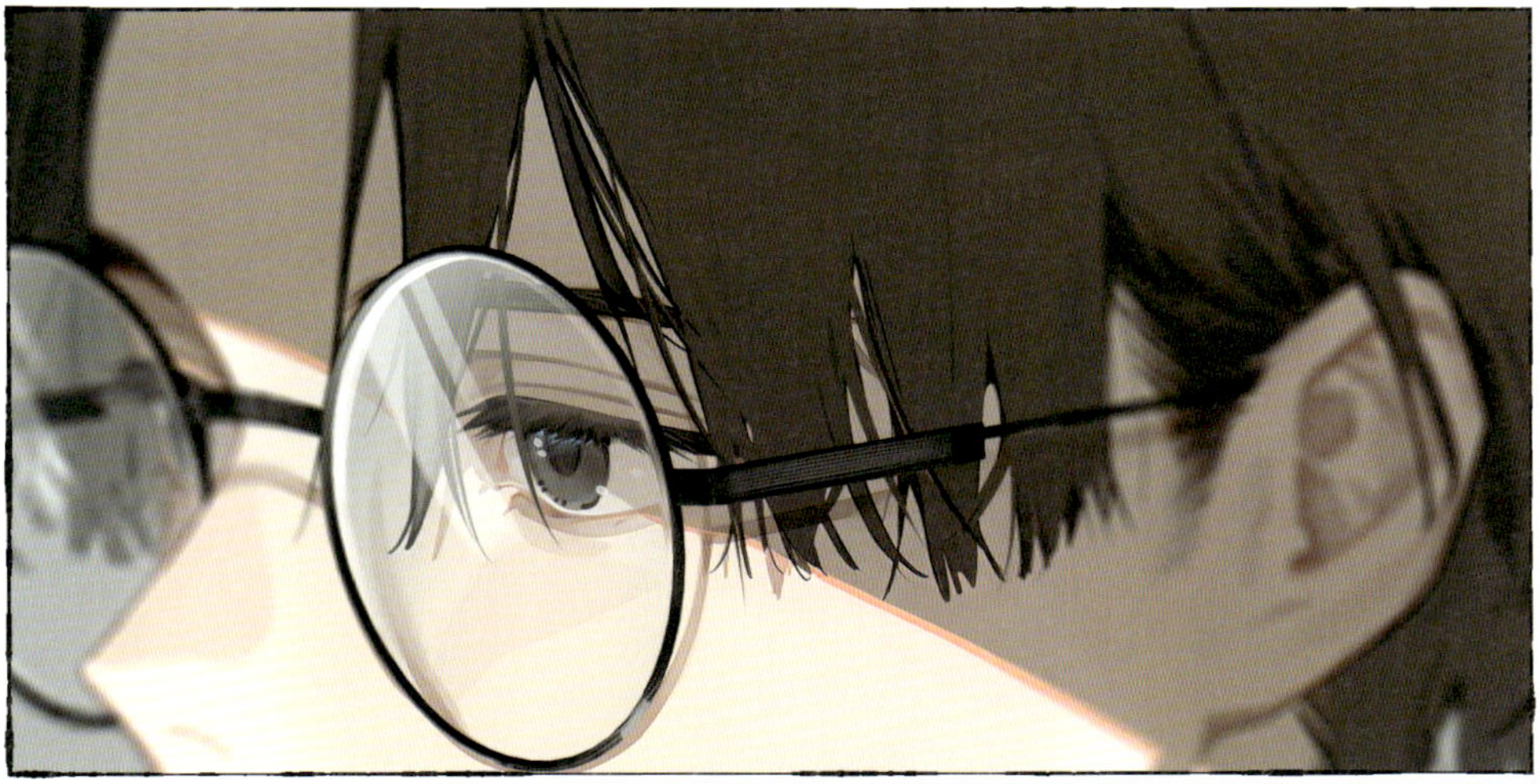

やっと気のついた栗の木はスレエトの屋根に
押《お》されたまま、斜《なな》めにピアノを蔽《おお》っていた。
けれどもそれはどちらでも好《よ》かった。

わたしは只藜の中の弓なりのピアノに目を注いだ。あの去年の
震災以来、誰も知らぬ音を保っていたピアノに。

解説　二つの震災《しんさい》、二つのピアノ

藤井貴志

「ピアノ」は一九二五（大正一四）年五月に『新小説』という文芸誌に掲載《けいさい》された芥川龍之介《あくたがわりゅうのすけ》の短篇《たんぺん》小説です。芥川は「羅生門《らしょうもん》」（一九一五）をはじめとして数々の短篇を残しましたが、この「ピアノ」はエッセイとして読むことも可能な趣《おもむき》をもちながら、やはりどうにも芥川的という他ない固有の世界観を備えた物語となっています。

「羅生門」もそうでしたが、「ピアノ」もまた「荒廃《こうはい》」した「廃墟《はいきょ》」を舞台《ぶたい》としています。冒頭《ぼうとう》、「或雨《ある》のふる秋の日」に「或人を訪ねる為《ため》に横浜《よこはま》の山手」を「歩いて行」く語り手の「わたし」は、「この辺の荒廃は震災当時と殆《ほとん》ど変っていなかった」と情景を描写《びょうしゃ》します。「震災」はもちろん一九二三（大正一二）年九月一日に発生した関東大震災を指しています。相模《さがみ》湾《わん》北西部を震源としたこの地震は横浜にも大きな被害《ひがい》をもたらしました。この作品の発表は関東大震災から一年八ヶ月後ですが、震災当時からの変化が「スレエトの屋根や煉瓦《れんが》の壁《かべ》の落ちた中に藜《あかざ》の伸《の》びているだけだった」と語られるのは、一年半ほどの間に復興が十分には進まず、けれども植物だけは変わらずに成長を続けている、そのギャップが顕著《けんちょ》だからです。そのような光景の中、足早に道を急ぐ「わたし」の耳に「誰《だれ》かのピアノを打った音」が「突然《とつぜん》聞え」てきます。「或家の崩《くず》れた跡《あと》」に「半ば壁にひしがれたまま、つややかに鍵盤《けんばん》を濡《ぬ》らして」いる「蓋《ふた》をあけた弓なりのピアノ」からそれは聞こえたのでした。

「わたし」は「荒涼《こうりょう》としたあたりを眺《なが》めまわし」ますが、「人かげはどこにも」ありません。「わたしは多少無気味にな」るものの、「このピアノの音に超《ちょう》自然の解釈《かいしゃく》を加えるには余りにリアリスト」であり、「あの崩れた壁のあたりに猫《ねこ》」や「鼬《いたち》だの蟇《ひき》がえるだの」が「潜《ひそ》んでいたかも知れない」とひとまず推測します。「人手を借らずにピアノ」が「鳴った」この「不思議」は五日ほど後に同じ場所を通りかかったときに解明されるのですが、「スレエトの屋根に押《お》されたまま、斜《なな》めにピアノを蔽《おお》ってい」た「栗《くり》の木」からこぼれた「落ち栗」が鍵盤を叩《たた》いたのだというその意外な結末は、震災とピアノをめぐるもうひとつのエピソードを私に想い起こさせます。

二〇一一年三月一一日の東日本大震災は原発のメルトダウンを含め未曾有《みぞう》の大災害として記憶《きおく》されていますが、音楽家の坂《さか》本龍一《もとりゅういち》は同年七月に被災地の岩手県を訪《おとず》れ、「沿岸部に広がる瓦礫《がれき》の山」を前にして「人間が作ったものはすべて、いつかは壊《こわ》されるんだと痛感」（『ぼくはあと何回、満月を見るだろう』、二〇二三、新潮社）します。その後も「メディアを通して瓦礫の写真や映像を見ていると、そこにいくつもの楽器の破片が含まれていることに気づ」いた坂本は、「津波《つなみ》によって泥水《どろみず》を被《かぶ》ってしまったピアノがあるという話を聞きつけ」、宮城県まで見に行きます。ピアノは「頑丈《がんじょう》」で「他の楽器ほど形が壊れて」いなかったけれども、「金属の弦《げん》」は錆《さ》び、「木の鍵盤も水分で膨張《ぼうちょう》して」いたので「音楽活動に使うこと」は無理だと感じると同時に、次のような感想を彼《かれ》は抱《いだ》くのです。

だけど、この壊れてしまった「津波ピアノ」の鍵盤を押しながら耳を澄《す》ませてみると、すっかり調律が狂《くる》ってしまった弦が、何とも味のある音を鳴らすんですよね。考えてみれば、ピアノというものがもともと木材というマテリアルを自然から取り出して鉄鋼で繋《つな》ぎ、我々が好む音を奏《かな》でるように作られた人工物です。だから逆説的に言うと、津波という自然の力によって人間のエゴが破壊《はかい》され、本来あるべき自然の姿に還《かえ》っていったのではないか、とも感じました。

関東大震災後の廃墟にうち捨てられた「藜の中の弓なりのピアノ」もまた、このようにして「本来あるべき自然の姿に還っていった」のではないでしょうか。「第一これでも鳴るのかしら」と「わたし」は「独り語」を呟《つぶや》きますが、「津波ピアノ」のように「すっかり調律が狂ってしまった」であろうそのピアノは、私たちが求めるような美しいメロディを奏でることはもはやないでしょう。けれども、「我々が好む音を奏でるように作られた人工物」であるそのピアノがひとたび「人間のエゴ」から解放され、「木材というマテリアル」として自然の中に還っていくとき、人間的な美の尺度では測ることのできない音がそこに響《ひび》くかもしれないのです。

東日本大震災の瓦礫の山を前にして坂本龍一は「人間が作ったものはすべて、いつかは壊されるんだと痛感」しましたが、楽器であれ、建築であれ、巨大《きょだい》な災害はこれまで人間が築いてきた営為《えいい》の調律を狂わせます。とはいえその調律の狂いは、人間が人間中心的な眼差《まなざ》しのもとに作り上げてきた世界から離脱《りだつ》するためのチャンスでもあるのです。芥川の「ピアノ」もまた関東大震災後の荒廃を眺めながら、そのことに気づきはじめているのではないでしょうか。今後、災厄《さいやく》はより徹底《てってい》した形で容《よう》赦《しゃ》なく人間を襲《おそ》ってくるかもしれません。いつの日か、人間が死に絶えた廃墟の中に一台のピアノが朽《く》ち果てて残り、人間以外の生き物がその「細長い鍵盤」を叩くかもしれない。あるいは「落ち栗」がそれに触《ふ》れるかもしれない。そしてそのとき、その音を聴《き》いて何かを感じる人間はもはやいないかもしれないのです。「ピアノ」は次のように終わります――「わたしは只《ただ》藜の中の弓なりのピアノに目を注いだ。あの去年の震災以来、誰も知らぬ音を保っていたピアノに。」と。「人かげはどこにもな」くなった世界で秘《ひそ》かに鳴っていた「誰も知らぬ音」……。震災後の廃墟を舞台として人間と動物（猫、鼬、蟇がえる）、植物（藜、栗）、そして人工物（ピアノ）が織りなすドラマを描《えが》き出すことによって、芥川は最後に人間がいなくなった後の終末の風景を微《かす》かに予感させるのです。「ピアノ」は小品ながら、災厄と共に私たちがこれから直面するかもしれない終末のヴィジョンを垣間《かいま》見せる傑作《けっさく》に違《ちが》いありません。

初出　『新小説』1925（大正14）年５月
底本　『芥川龍之介全集 第12巻』岩波書店　1996（平成8）年

●本シリーズでは、原文を尊重しつつ、若い読者に読みやすいよう、文字表記を改めました。

著者　芥川龍之介（あくたがわ・りゅうのすけ）
1892年東京生まれ。東京帝国大学英文科卒。在学中から創作をはじめ、1916年に発表した短編「鼻」が夏目漱石に絶賛される。その後も「杜子春」「藪の中」「河童」など多くの作品を発表し、大正から昭和の初めにかけての文壇で活躍する。1927年7月24日に薬物自殺。

絵　LOWRISE（ローライズ）
フリーランスイラストレーター。2014年に京都造形芸術大学情報デザイン学科を中退後、家業の八百屋で働きつつ、2020年よりイラストレーターとして本格的に活動を開始。人物と風景を合わせたエモーショナルな一枚絵を得意とし、数多くの書籍の装画やVtuberのキャラクターデザインなどを手掛ける。

解説　藤井貴志（ふじい・たかし）
1974年大分県生まれ。立教大学大学院文学研究科博士後期課程修了。博士（文学）。愛知大学文学部教授。専門は日本近現代文学。著書に『芥川龍之介――〈不安〉の諸相と美学イデオロギー』（笠間書院）、『〈ポストヒューマン〉の文学――埴谷雄高・花田清輝・安部公房、そして澁澤龍彥』（国書刊行会）がある。

デザイン　石野春加（DAI-ART PLANNING）

文学ノ情景

ピアノ

2025年３月　初版第１刷発行

著　者　芥川龍之介
絵　LOWRISE
発行者　三谷 光
発行所　株式会社汐文社
〒102-0071　東京都千代田区富士見1-6-1
電話 03-6862-5200　FAX 03-6862-5202
URL https://www.choubunsha.com

印刷所　新星社西川印刷株式会社
製本所　東京美術紙工協業組合

ISBN978-4-8113-3153-9　NDC913　32P

乱丁・落丁本はお取り替えいたします。
ご意見・ご感想はread@choubunsha.com までお寄せください。